MW01516724

VEINTE MIL LEGUAS
DE VIAJE SUBMARINO

Biblioteca Escolar

Colección Librería

Libros de todo para todos

VEINTE MIL LEGUAS DE VIAJE SUBMARINO

Julio Verne

EMU *editores mexicanos unidos, s.a.*

D. R. © Editores Mexicanos Unidos, S. A.
Luis González Obregón 5, Col. Centro,
Cuauhtémoc, 06020, D. F. Tels. 55 21 88 70 al 74
Fax: 55 12 85 16
editmusa@prodigy.net.mx
www.editmusa.com.mx

Coordinación editorial: Marisol González Olivo
Diseño de portada: Arturo Rojas Vázquez
Formación y corrección: Equipo de producción de
Editores Mexicanos Unidos

Miembro de la Cámara Nacional
de la Industria Editorial. Reg. Núm. 115.

1a edición: Mayo de 2005
5a reimpresión: Noviembre de 2010

ISBN (titulo)   978-968-15-1365-8
ISBN (colección) 978-968-15-1341-2

Impreso en México
Printed in Mexico

ISBN 978-968-15-1365-8

9 789681 513658

CAPÍTULO I

En el año de 1866, ocurrió algo que nadie pudo explicar ni olvidar por mucho tiempo, y que llamó la atención de muchas personas en distintas partes del mundo.

Varios barcos volvían del mar llevando a sus puertos la noticia de que habían visto «una cosa enorme», un objeto largo a veces fosforescente, un monstruo marino más grande y muchísimo más veloz que las ballenas, nunca visto hasta entonces.

Esto, que comenzó como un rumor, como comentarios extravagantes que producían desconcierto entre la gente de los puertos, tuvo de pronto una característica especial.

El 20 de julio de ese año, el capitán de un barco a vapor que navegaba cerca de las costas de Australia, creyó ver un escollo nuevo, y cuando se acercó para verificarlo, dos potentes columnas de agua se elevaron de él y desapareció dentro del agua.

A los tres días, el 23 de julio, otro barco presenció un hecho idéntico, y dos semanas después, a diez mil kilómetros de la posición señalada por el segundo buque, un correo que navegaba al norte del Atlántico, aseguró haber visto al «monstruo marino», describiéndolo como de 150 metros de largo.

Poco a poco, por distintas observaciones realizadas, se iba confirmando la existencia del objeto o ser en cuestión y se afirmaba que por sus características, tamaño, velocidad, fuerza, superaba a todos los animales acuáticos conocidos hasta entonces. Como es lógico, estas afirmaciones produjeron gran emoción y desconcierto en todo el mundo.

En todos los puertos y grandes ciudades, el monstruo se convirtió en el tema de conversación preferido.

Este hecho habría sido olvidado como tantos otros, si no se hubiera repetido. Pocos días después y en las mismas condiciones, con la única diferencia que el buque ahora pertenecía a una compañía naviera muy conocida y posiblemente la de mayor prestigio, y que la avería parecía provocada por un instrumento perforador que pudo traspasar una plancha de cuatro centímetros y luego retroceder, hecho aún más inexplicable.

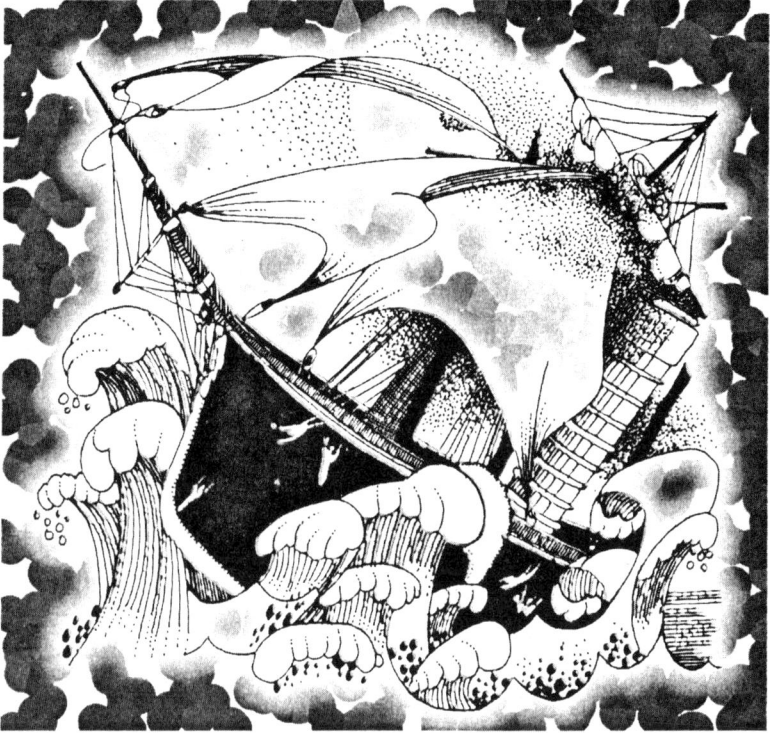

Semejante suceso volvió a apasionar a la opinión pública. Desde ese momento todas las desgracias marinas fueron adjudicadas al monstruo; justa o injustamente, el extraño animal cargó con la culpa de cuanto naufragio ocurría entonces.

El público, indignado, protestó, exigiendo que se lo eliminara de los mares a toda costa.

CAPÍTULO II

Mientras todo esto sucedía, regresaba yo a Nueva York, y después de una excursión a Nebraska, donde había sido enviado por el Museo de Historia Natural de París, y me preparaba para regresar a Francia.

Yo estaba bien al tanto de estos sucesos y había leído todo cuanto se había publicado al respecto. Aquel misterio me intrigaba de una manera especial. Pensaba en dos posibilidades: una, que se tratara de un monstruo con una fuerza y rapidez colosales, y otra, que fuera un «submarino» de gran potencia. Pero esta última posibilidad la descartaba, ya que resultaba imposible imaginar que semejante aparato estuviera en manos de un particular y que hubiera alguien capaz de fabricar algo así por su cuenta, sin que nadie se enterara de su existencia. Había que tener en cuenta que ningún país había reivindicado la fabricación o posesión de semejante aparato.

Al poco tiempo de haber llegado a Nueva York, varias personas vinieron a consultarme acerca del fenómeno en cuestión.

—Hay que admitir —les dije— que rechazada la hipótesis de un «submarino», debemos aceptar la

existencia de un animal marino con una fuerza extraordinaria. Las grandes profundidades del océano son totalmente desconocidas para nosotros porque la sonda no ha logrado penetrar en ellas. ¿Qué pasa dentro de esos desconocidos abismos? ¿Qué seres habitan o pueden habitar a doce o quince mil metros bajo la superficie de las aguas? No lo sabemos. Por lo tanto, si no conocemos toda la variedad de animales que pueblan nuestros mares, lo más lógico es suponer que existen o que pueden existir peces o cetáceos formados para vivir en terrenos pantanosos o en las capas inaccesibles para la sonda, y a los que un acontecimiento cualquiera pudo haber conducido hacia la superficie del océano. Así, mientras no existan informaciones más completas, creo que se trata de un unicornio marino, de enormes dimensiones, armado de un verdadero espolón, como los que tienen las fragatas acorazadas, y con el peso y la fuerza de dichas fragatas.

Mi opinión fue calurosamente discutida, lo cual me valió cierta fama y adeptos. Yo planteaba una cuestión científica. ¿Por qué el mar, en sus ignoradas profundidades, no había de conservar algunas muestras de la existencia de otras edades, ya que su estructura no se modifica jamás, mientras que la terrestre se modifica casi constantemente?

Pero, si bien para algunos era una cuestión puramente científica por resolver, para otros más prácticos era un problema que debía ser resuelto para asegurar el comercio y las comunicaciones transoceánicas.

De esta manera, comenzaron en Nueva York los preparativos para una expedición destinada a perseguir y acabar con el monstruo.

Cuando todo estuvo listo, sucedió lo que casi siempre pasa en estos casos, que desde el momento en que se decidió perseguirlo, el monstruo desapareció. Durante dos meses nadie lo vio. Hasta que, finalmente, un barco que cruzaba el Pacífico aseguró haber visto al famoso animal.

Esto provocó tal alegría en el público que se le exigió al capitán de la *Abraham Lincoln* —que así se llamaba el buque preparado para darle caza— que partiera ese mismo día. Y, a escasas tres horas antes de que zarpara, recibía yo una invitación del ministro de Marina, para participar como «distinguido erudito» en dicha expedición.

Me olvidé de todo, de mis deseos de volver a casa, de ver a los amigos, de mis colecciones del museo, y en fin, acepté sin dudar el ofrecimiento del Gobierno.

—¡Consejo! —llamé.

Así se llamaba mi criado; un muchacho servicial que pese a su nombre era ejemplo de discreción. Siempre me había acompañado en mis viajes sin que nunca se le ocurriera quejarse o comentar lo prolongado o fatigoso de los mismos. Iba igualmente a un sitio que a otro, a China o al Congo, sin hacer más averiguaciones.

Sin embargo, esta vez yo había pensado consultarle sobre el viaje que emprenderíamos, ya que conocía

perfectamente los riesgos del mismo y desconocía por completo el tiempo que duraría.

Cuando llegó hasta donde yo estaba, le pedí que me preparase la maleta con urgencia y le pregunté si estaría dispuesto a acompañarme, explicándole rápidamente a dónde iríamos, abordo de qué buque, y los peligros a que estaríamos expuestos. Por supuesto que no dio muestras de agrado ni de desagrado: sólo la habitual obediencia y disponibilidad a lo que yo dispusiera. Sin embargo, hacía diez años que lo conocía y yo sabía que su mayor placer era acompañarme.

Un cuarto de hora después estaban listas nuestras maletas y yo podía estar seguro de que no faltaba nada.

Cuando llegamos al puerto, la *Abraham Lincoln* vomitaba torrentes de humo por sus dos chimeneas. Me precipité entonces a bordo, preguntando por el capitán. Nos saludamos y me comunicó que ya tenía listo mi camarote, hacia el que me dirigí, dejándolo en sus obligaciones.

Una hora después, entre miles de curiosos que nos despedían con aplausos y pañuelos, partimos del puerto con rumbo a las aguas del Atlántico.

El comandante del buque —Farragut, se llamaba—
era un buen marino, y estaba dispuesto a cumplir
fielmente la misión que se le había encomendado. Estaba preparado para librar a los mares del monstruo
que acechaba y para eso había equipado a su navío de
aparejos apropiados para la pesca del gigantesco cetáceo. Difícilmente se hubiera encontrado otro ballenero
mejor armado.

Poseíamos todos los elementos conocidos: desde el arpón de mano, hasta las flechas dentadas; los trabucos cargados de metralla y las balas explosivas, y un cañón perfeccionado, novedad en su tipo, que podía arrojar un proyectil de cuatro kilos a una distancia de dieciséis kilómetros. Pero aún contaba con algo mejor: con Ned Land, el rey de los arponeros. Éste era un canadiense que no tenía rival en su profesión; por su fuerza de brazo y su vista, difícilmente podía escapársele una pieza. Nos hicimos amigos y yo me deleitaba oyendo el relato de sus aventuras en los mares polares.

Pero, así como era hábil y eficaz en su profesión, era desconfiado con respecto a la existencia del monstruo: el único a bordo del navío que dudaba de su existencia y que, cuando se trataba el tema, prefería desviar la conversación o retirarse del lugar.

Un día que estábamos sentados charlando un poco de cada cosa y contemplando aquel misterioso mar cuyas profundidades son, hasta la fecha, inaccesibles para la mirada de los hombres, encaucé nuestro diálogo hacia el gigantesco unicornio, examinando las distintas posibilidades de éxito o fracaso de nuestra expedición. Estábamos a pocos kilómetros del Estrecho de Magallanes y posiblemente en unos días más surcaríamos las aguas del Pacífico. Ned Land me dejaba hablar sin pronunciar palabra alguna, hasta que decidí preguntarle directamente:

—¿Cómo es posible, Ned, que no esté usted convencido de la existencia del cetáceo que perseguimos? ¿Tiene, acaso, alguna razón especial para no estar persuadido de su existencia?

—Posiblemente —me contestó.

—Pero usted debería ser el último en dudarlo —repliqué.

—Está equivocado, profesor —me dijo Ned—. Yo he perseguido a muchísimos cetáceos, he matado algunos, y le puedo asegurar que por muy poderosos y bien armados que hayan sido, ni sus colas ni sus defensas podrían romper la coraza de un barco.

No quiso seguir discutiendo el asunto, pero le perseguí con el tema.

—Mi convicción —le decía—, se basa en la lógica de los hechos. Puede existir un mamífero vigorosamente constituido, como las ballenas, los cachalotes o los delfines, que esté provisto de una defensa córnea con muchísima fuerza de penetración.

Recurrí a mis conocimientos sobre el reino animal, demostrándole que la fuerza depende del medio donde se deba mover y vivir. Y que si existieran animales capaces de sobrevivir en las profundidades del océano, necesariamente debían estar provistos de una estructura y una fuerza descomunales.

Debo reconocer que sólo a medias convencí a Ned, pero si le quedaban algunas dudas, podría seguir en otra oportunidad. Por el momento lo más importante era poder encontrar al animal, atraparlo y seguir su estudio con más elementos.

Durante algún tiempo, el buque fue realizando su crucero sin mayores novedades.

El seis de agosto, a eso de las tres de la tarde, la *Abraham Lincoln* dobló el Cabo de Hornos, que está al sur del continente americano, y a la mañana siguiente, estábamos, al fin, sobre las aguas del Pacífico.

—¡Mucho ojo! ¡Afinen la vista! —repetían sin cesar los marineros, entusiasmados por la perspectiva del premio que debía recibir el primero que avistase al animal.

A pesar de que no me atraía en especial dicho dinero, yo era de los más atentos a bordo; salvo los minutos que demoraba en comer o las pocas horas que dormía, pasaba los días en el puente del navío bajo el sol o bajo la lluvia.

El único que seguía los acontecimientos con indiferencia era Ned Land, que (salvo cuando alguien avistaba una ballena, y subía a cubierta con deseos de enfrentársele o aunque fuera para mirar al animal), pasaba el día leyendo o durmiendo.

Cuando le reproché su actitud, me contestó:

—¡Bah!, aun en el caso de que existiera semejante animal, ¿qué posibilidad tenemos de encontrarlo? Si dicen que lo vieron por estos mares hace dos meses ¿acaso no se desliza a una gran velocidad?

No había manera de refutarle. Era cierto que marchábamos a ciegas. ¿Pero qué otra cosa podíamos hacer? Sin embargo, nadie dudaba aún del éxito de nuestra expedición.

El comandante pensaba que debíamos navegar sobre las grandes profundidades y alejarnos de los continentes, cuya proximidad, quizá, evitaba el animal. Cuando llegamos al lugar donde había sido visto por última vez, la tripulación entera sufrió una excitación nerviosa que no le permitió comer ni dormir. No recuerdo las veces que este nerviosismo produjo falsas alarmas que aumentaban aún más la tensión.

Durante tres meses el Abraham Lincoln surcó todos los mares del Pacífico, persiguiendo una dirección supuestamente exacta donde alguien lo había divisado; realizando, por lo mismo, bruscas desviaciones del rumbo, o deteniéndose de pronto, sin dejar punto inexplorado entre América y el Japón. ¡Y nada! ¡Nada que no fuera la inmensidad del océano!

Junto con el desconcierto, vino la incredulidad. Al entusiasmo anterior, le siguió un sentimiento de vergüenza y furia. Los más entusiastas y convencidos de la existencia del animal, se convirtieron en los más escépticos, y si no se viró al sur para poner fin a semejante empresa, fue porque el capitán Farragut mantuvo su obstinada convicción y pidió tres días más de espera. Si al cabo de esos tres días no aparecía el buscado animal, regresaríamos a los mares de Europa. Esto reanimó a la tripulación, que durante esos días reanudó su ardiente búsqueda con catalejos o sin ellos.

Cuando el plazo hubo terminado sin novedad y todos estábamos esperando la orden del capitán que debía poner proa al sur, oímos la voz de Ned Land que gritaba:

—¡Atención! ¡Ahí está lo que buscamos, a sotavento, frente a nosotros!

Al grito, la tripulación entera se dirigió hacia el arponero. El comandante, los oficiales, y hasta los maquinistas abandonaron las máquinas y los fogoneros sus hornos. Dada la orden de parar, la fragata se movía sólo por el impulso anterior.

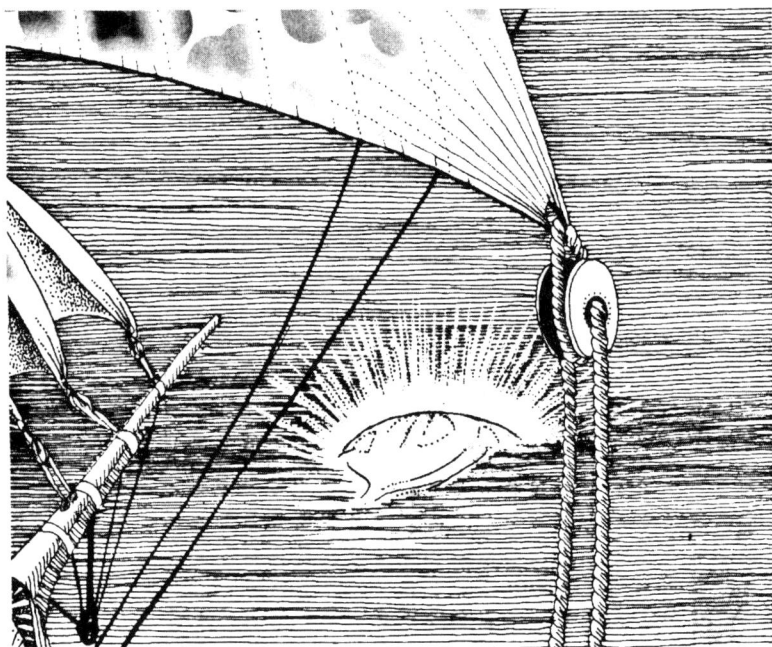

La oscuridad era grande, pero el canadiense estaba en lo cierto. A poca distancia de la nave, la superficie del mar parecía iluminada. No era un simple fenómeno de fosforescencia; el monstruo apenas sumergido, proyectaba un resplandor intensísimo, pero inexplicable, tal como lo habían descrito otros navegantes. La parte alumbrada formaba un enorme óvalo en cuyo centro se condensaba un foco incandescente de irresistible brillo.

—Eso es una simple aglomeración de moléculas fosforescentes —dijo uno de los oficiales.

—No creo —le objeté convencido—. No hay pez ni molusco que despida una claridad tan viva. Ese resplandor es eléctrico... Además, ¡miren!, se mueve... ¡se lanza contra nosotros!

—¡Silencio! —gritó el capitán—. ¡Virar y a toda máquina! —y de ese modo nos alejamos rápidamente del animal. Es decir, quisimos alejarnos, porque en realidad nos persiguió al doble de nuestra velocidad. Quedamos mudos. El animal fue acortando las distancias, dio la vuelta al buque envolviéndolo en sus cascadas luminosas y luego se alejó hasta cierta distancia. Desde allí, arrancó hacia nosotros con tremenda rapidez, se detuvo a pocos metros, se apagó súbitamente su luminosidad y reapareció al otro lado del navío, sin que pudiésemos saber cómo lo había hecho.

Le pregunté al capitán por qué no atacábamos.

—Profesor Aronnax —me contestó con calma—, ignoro con qué ser debo enfrentarme, y no quiero arriesgar el buque ni la tripulación en semejante oscuridad. Esperemos el día y podremos perseguir en lugar de ser perseguidos.

Toda la tripulación estuvo despierta durante la noche. Nadie pensó en dormir. El buque moderó su marcha pero el animal nos acompañaba, manteniendo la distancia.

Pasada la medianoche, sonó un silbido ensordecedor, semejante al que produce una columna de agua lanzada con mucha violencia.

—Ned Land —preguntó el comandante—, ¿ha oído usted el resoplido de las ballenas?

—Muchas veces, pero nunca el bufido de ballenas como ésta; éste es muchísimo más fuerte. Sin duda que se trata de una de ellas, y con su permiso, le diremos unas cuantas palabritas cuando amanezca.

—Si se deja —añadí yo con duda.

A las seis de la mañana, comenzó a aclarar y con los primeros resplandores se apagaron las luces que despedía el animal. A las siete, ya era de día pero una densa bruma cerraba el horizonte, lo que produjo cólera en todos nosotros. A las ocho, el horizonte se fue aclarando.

—¡Vista a babor! ¡Ahí está! —gritó nuevamente Ned Land.

A un kilómetro del buque emergía un metro sobre las olas un cuerpo negruzco. El navío se le aproximó. Yo aproveché para examinarlo mejor. Calculé su longitud en unos ochenta metros más o menos. Mientras lo observaba, brotaron de sus orificios dos surtidores de vapor y de agua que se elevaron a unos cuarenta metros de altura, lo que me reveló su manera de respirar. La tripulación esperaba impaciente las órdenes del capitán, quien consultaba con el maquinista la presión.

—¡Fuercen las calderas y a todo vapor!

Tres hurras acogieron la orden. Instantes después las chimeneas echaban columnas de humo negro y el puente se estremecía bajo la trepidación de las calderas. El buque, impulsado por su potente hélice, se dirigió en línea recta sobre el animal; éste lo dejó acercarse y luego comenzó a alejarse manteniendo la distancia. Así anduvimos varias horas sin que ganáramos ni un metro de distancia. Cuando, forzadas las máquinas, el buque tomó la máxima velocidad posible, el animal aumentó la suya y todo continuó como antes.

Ned Land se mantenía en su puesto, blandiendo el arpón.

Al mediodía estábamos igual que a las ocho de la mañana. El comandante se decidió a emplear métodos más eficaces.

El cañón del castillete fue cargado y apuntado. Se hizo el disparo, pero el proyectil pasó por encima del cetáceo sin tocarlo.

—¡A ver! —gritó el comandante—. ¡Otro más hábil y quinientos dólares al que atraviese a ese endemoniado animal!

Un viejo artillero con barba gris se acercó a la pieza, la situó en posición y apuntó largo rato. La detonación retumbó y el proyectil dio en el blanco, pero, resbalando sobre su redondeada superficie, se perdió mar adentro.

—¡Maldición! —exclamó el capitán Farragut, coreando la indignación general.

Se prosiguió entonces la persecución, con la idea de que tarde o temprano el animal sería vencido por el agotamiento y podría intentarse otra forma de lucha. Pero no fue así. Las horas pasaron sin que diera la menor señal de cansancio y llegó la noche envolviendo en sus sombras al turbulento océano.

En ese momento, recuerdo que pensé que allí se terminaba nuestra expedición, ya que imaginaba que no volveríamos a ver al temido animal, pero ¡cómo me equivoqué!

El cetáceo parecía inmóvil. Quizá dormía, extenuado por la jornada, dejándose mecer por las ondulaciones de las olas, circunstancia que decidió aprovechar el capitán. El buque avanzó cautelosamente, cuidando de no despertar a su adversario. El canadiense se reintegró a su puesto; no era la primera vez que aprovecharía el sueño de una ballena para cazarla con éxito. Casi no respirábamos para no hacer ruido. Estábamos ya como a treinta metros del animal, cuya luz deslumbraba la vista.

Inclinado sobre la barandilla de la proa, veía debajo de mí a Ned Land, aferrado con una mano y con la otra blandiendo su terrible arpón. El animal, cada vez más cerca, seguía inmóvil.

De pronto, el brazo de Ned se distendió violentamente, lanzando el arpón. Desde mi sitio pude ver el choque sonoro del arma, que pareció tropezar con un cuerpo muy duro.

La luz se extinguió súbitamente, cayendo al mismo tiempo sobre la cubierta dos enormes trombas de agua que barrieron el puente de proa a popa, derribando a los tripulantes y destrozando los aparejos. El choque fue espantoso. Yo, despedido por encima de la baranda, sin tiempo de sujetarme a nada, caí al agua.

CAPÍTULO III

Aunque asustado por la caída, me mantuve lúcido. Lo primero que hice al sentirme dentro del agua, fue volver a la superficie, y una vez allí, intenté encontrar el navío con la vista

Las tinieblas eran muy negras, pero divisé una masa oscura que desaparecía hacia el este. Era el buque. Me consideré perdido.

—¡Socorro!, ¡socorro! —grité, nadando con la energía que da la desesperación. Mi boca se llenó de agua.

De pronto, sentí que una mano fuerte me sostenía. Era Consejo.

—¿Tú aquí? —le dije sorprendido— ¿También te caíste?

—No —me contestó con naturalidad—, pero estando a las órdenes del señor, he creído un deber seguirle.

—¿Y el buque? —pregunté.

—Olvídese de él; no creo que pueda hacer nada por nosotros; en el momento de arrojarme al agua, oí gritar a los timoneles que la hélice y el timón estaban rotos.

—Entonces, estamos perdidos.

—Aún no —me respondió Consejo—, quedan muchas horas en que podremos resistir nadando. Por lo pronto, quitémonos las ropas para que nos sea más fácil.

Nuestra situación era terrible. Quizás no había sido advertida nuestra caída, y aunque lo hubiera sido, el barco no podía venir a buscarnos porque carecía de timón. Sólo podíamos esperar auxilio de los botes.

Cerca de la una, me sentí agobiado por la fatiga. Consejo me sostenía, pero no tardé en sentirlo jadear de cansancio.

En aquel momento apareció la luna. La claridad reanimó nuestras fuerzas. Se veía mejor la fragata; pero de botes ¡ni sombra! Consejo intentó hacerse oír, y gritó nuevamente:

—¡Socorro!, ¡socorro!

Suspendimos nuestros pocos movimientos para escuchar y me pareció que un grito nos contestaba.

—¿Has oído? —pregunté.

—¡Sí!, ¡sí! —me respondió antes de volver a gritar.

—¡Socorro!

Entonces nos convencimos. Una voz humana contestó a la nuestra. Consejo, haciendo un esfuerzo supremo, trató de elevarse para ver algo. Sacó medio cuerpo del agua, y cayó abatido.

—¿Qué has visto?

—He visto... He visto... ¡No hablemos! ¡Reservemos todas nuestras fuerzas!

Me acordé del monstruo, pero ¿y la voz? ¿Qué habría divisado?

Consejo me remolcaba porque yo no tenía más fuerzas. Cada tanto, le oía gritar con la voz débil y percibía la otra voz que le contestaba, cada vez más cerca. Sentía los dedos duros, mi boca llena de agua salada; el frío me invadía. Alcé la cabeza por última vez y acabé por hundirme. Luego me sentí sacado del agua, llevado a la superficie, y me desvanecí...

Reaccioné al poco tiempo, gracias a las fricciones que me hicieron. Cuando abrí los ojos, vi las sombras de dos figuras frente a mí.

—Consejo, ¿eres tú? —y mientras decía esto, reconocí la otra cara—. ¡Ned! —exclamé—. ¿Usted también ha caído al agua a consecuencia del choque?

—Sí, profesor, pero tuve más suerte que usted, ya que a poco de caer, pude hacer pie en un islote flotante, o mejor dicho, en su narval gigantesco.

—¿Qué dice? ¡Explíquese!

—Que el famoso animalucho está construido con planchas de acero; no tiene más que tocarlo para darse cuenta.

En efecto, en el acto toqué al monstruo, de lomo liso, pulido y sin escamas; al golpearlo producía un ruido metálico y, por increíble que pareciese, estaba formado por planchas metálicas ajustadas entre sí. ¡No había duda! El famoso animal que tenía intrigado a todo el mundo, era un fenómeno más asombroso todavía: un fenómeno producido por el hombre. Pueden imaginar mi desconcierto al encontrarme, de pronto, ante lo imposible pero humanamente realizado. En efecto, estábamos sobre el dorso de una especie de nave submarina que parecía, a simple vista, un enorme pez de acero.

—Pero, entonces —dije— este aparato debe tener un mecanismo de locomoción, y personal que lo maneje...

—Sin duda, pero desde hace tres horas que estoy instalado en él y no han dado señales de vida.

Pero, justo en ese instante, la máquina se puso en movimiento, moviendo las olas con algo que deduje debía ser una hélice. Por suerte, avanzaba lentamente y pudimos aferrarnos para no caer. Nuestra salvación dependía exclusivamente de que se mantuviera sin sumergirse. Deduje que para sobrevivir, sus habitantes necesitaban del oxígeno, pero como la luna había desaparecido tras las nubes, me fue imposible buscar el supuesto respiradero.

A eso de las cuatro de la mañana, aumentó la velocidad del aparato. Por suerte, Ned había encontrado una argolla fija sobre la superficie de la coraza, a la que nos aferramos con fuerza. Por fin amaneció. Me dispuse a examinar el casco, cuando vi que éste formaba en su parte alta una especie de plataforma y sentí, al mismo tiempo, que se hundía lentamente.

—¡Eh! ¡Abran, inhospitalarios! —gritó Ned golpeando sobre la superficie.

De pronto, como si lo hubieran oído, se sintieron ruidos como de cerrojos, se levantó una plancha y apareció un hombre, que al vernos lanzó un grito y desapareció. Minutos después, aparecieron ocho, que nos arrastraron dentro del extraño aparato.

En menos de un minuto estábamos en un lugar frío, oscuro y aparentemente cerrado, sin poder distinguir en la negrura la presencia de nadie. Sólo escuchaba la voz de Ned que gritaba:

—¡Qué hospitalidad! ¡No me extrañaría que fueran caníbales! ¡Pero no me voy a dejar engullir así nomás!

—¡Cálmese, Ned, todavía no estamos en el asador! Procuremos primero saber dónde estamos.

Avancé a tientas. Noté que el piso estaba cubierto como por una alfombra; sentí y toqué una mesa de madera, pero las paredes metálicas no tenían ninguna abertura como de ventana. De pronto nuestra habita-

‑ción se iluminó; reconocí por su blancura e intensidad, que era la misma luz que irradiaba el famoso «animal», y cuyo origen debía ser eléctrico.

—¡Gracias a Dios que veo claro! —exclamó Ned.

—Sí —dije yo—, pero la situación sigue siendo oscura.

Poco después, se abrió la puerta y aparecieron dos hombres.

Uno era bajo, musculoso, de negra cabellera y grandes bigotes, de mirada viva y penetrante; el otro, de ojos negros que miraban con fría resolución, de un aspecto sereno y arrogante que inspiraba, al menos en mí, confianza en su seguridad y aplomo. Alto, de frente ancha, nariz recta, boca bien dibujada, manos finas...

Los dos llevaban ropas de un tejido especial, gorros de piel de nutria y botas bajas de piel de foca.

El más alto —evidentemente el jefe— nos examinó sin pronunciar palabra. Luego, volviéndose a su compañero, conversó con él en una lengua que no pude reconocer. Nos miraban interrogándonos. Yo le hablé en correcto francés, diciéndole que no comprendía su idioma. También le relaté lo sucedido, hablando claramente y sin olvidar ni un detalle. Les dije nuestros nombres y ocupaciones.

El hombre de la mirada dulce y sosegada, me escuchó tranquilamente y con mucha atención. Pero nada indicó que me hubiera entendido. Cuando terminé, me seguía mirando en silencio.

Nos miramos mis compañeros y yo. Ned repitió lo que yo había dicho, pero en inglés, y luego Consejo lo hizo en alemán, sin que los otros hicieran la menor señal de comprensión. Intenté con el latín, pero cuando terminé, los dos personajes se hablaron en la extraña lengua y desaparecieron cerrando la puerta.

Ned estaba furioso y no encontraba otra manera de descargarse que vociferando en contra de los extraños personajes. Consejo mantenía la calma, sin salir de su asombro. Yo trataba de calmar a Ned, y de encontrar con mi pensamiento alguna explicación sobre la nave, sus tripulantes su origen...

En eso estábamos cuando se abrió la puerta y entró un camarero que nos traía ropas, confeccionadas en el extraño tejido, y mientras nosotros nos apurábamos en vestirnos, el camarero, mudo, preparó la mesa con tres cubiertos.

—Parece que las cosas se van encaminando —dijo Consejo.

—¡Bah! —respondió Ned—, ¿qué pueden comer acá?

Debo decir que aunque no pude reconocer muchos de los animales o vegetales que comí, estaban exquisitamente preparados.

Lo único que faltaba era el vino y el pan, pero el agua era muy sabrosa. Satisfecho nuestro estómago, y ante la imposibilidad de aclarar nada con respecto a nuestra situación, nos dormimos profundamente.

Yo fui el primero en despertar. No sé cuanto tiempo dormí, pero debió ser bastante, porque me encontraba bien repuesto. La habitación seguía siendo cárcel y nosotros prisioneros. El único cambio había sido que durante nuestro sueño, el camarero había retirado los platos de la mesa. Me pregunté seriamente si estaríamos destinados a seguir siempre así. Además, sentía muy viciado el aire. ¿Cómo haría esa extraña nave para obtener el oxígeno necesario?

Cuando despertaron Ned y Consejo, notaron, como yo, que el vital elemento escaseaba, lo que produjo nuevamente la cólera de Ned y sus ya habituales estallidos.

—¿Qué se proponen con nosotros?... ¡Tengo mucha hambre!

—No puedo contestarle, porque estoy tan poco enterado como usted —le respondí—, pero creo que estamos en conocimiento de un importante secreto, y que si la tripulación de este barco piensa guardarlo, nuestra situación se ve muy comprometida.

—Entonces es preciso escapar —replicó Ned.

—Una fuga «terrestre» suele ser difícil, pero fugarse de una prisión submarina lo veo imposible —le contesté.

—Yo creo que es mejor estar adentro, que arriba o abajo —dijo Consejo.

—Esperemos los acontecimientos, amigo Land, y ya veremos. Pero entre tanto contenga usted su impaciencia. No es con provocaciones que vamos a lograr alguna situación favorable para nuestra huida; así que intente no enojarse inútilmente.

Yo pensaba que si pudiera hacerme entender con el jefe de ese barco submarino, podríamos arreglar nuestra situación; pero las horas pasaban sin que nadie viniera a vernos y empecé a dudar de los buenos sentimientos que le atribuía. Consejo estaba callado y tranquilo, pero Ned, pese a mis ruegos, rugía. En ese momento, se abrió la puerta y apareció el camarero. Sin darme tiempo para intervenir, Ned se abalanzó sobre él, lo derribó y le apretó la garganta. Consejo y yo nos lanzamos para separarlo, cuando, de pronto, sentí decir en perfecto francés:

—¡Cálmese, señor Land!, y usted, profesor, escúcheme.

El que acababa de hablar así, era el comandante de la nave, que cruzado de brazos nos miraba. Después de unos instantes de silencio en los que nos quedamos mudos de asombro, prosiguió:

—Señores, hablo cualquiera de las lenguas que ustedes ensayaron, pero quise conocerlos antes, y re-

flexionar después. He entendido perfectamente el relato que los tres me hicieron y ahora sé ante quiénes
estoy. Indudablemente, profesor Aronnax, le habrá
parecido que retrasaba mucho esta segunda visita, pero,
comprobada su identidad quería pensar detenidamente
lo que iba a hacer con respecto a ustedes. He vacilado
mucho. Las circunstancias los han puesto frente a mí,
un hombre que ha roto con la humanidad.

—Por circunstancias involuntarias —repliqué.

—¿Acaso se han embarcado ustedes en un navío
que me persigue por todos los mares, involuntaria-
mente? ¿Han sido involuntarios los disparos que me
arrojaron? ¿Acaso Ned Land tiró su arpón sin desear-
lo?

—Creímos haber encontrado a un monstruo marino —repliqué.

—¿Usted cree, profesor, que el buque no hubiera
perseguido y cañoneado a un submarino igual que a
un pez monstruoso?

Sentí que tenía razón. El capitán Farragut, en caso
de haber comprobado que el famoso monstruo era un
submarino, hubiera actuado en igual forma.

—He pensado mucho —prosiguió—. Nada me
obliga a darles hospitalidad. Podría dejarlos nueva-

mente en la plataforma y hundir el submarino y olvidarme de ustedes. ¿No estaría en mi derecho?

—¡El derecho de un salvaje, pero no de un hombre civilizado!

—Profesor, yo no soy lo que usted llama un hombre civilizado. He roto con la sociedad entera por razones que sólo a mí me interesan. No estoy sometido a ninguna de sus reglas, por lo tanto, le ruego que ni las mencione.

Nos miramos en silencio. Cada uno con sus pensamientos.

—He decidido que permanezcan en mi embarcación moviéndose libremente dentro de ella, pero con una condición: que cuando yo lo crea necesario, por acontecimientos que no les puedo aclarar, se dejen conducir nuevamente hasta esta prisión.

—Aceptamos —le dije—, pero ¿hasta cuándo?

—Hasta siempre. Jamás los reintegraré a esa tierra con la que he cortado toda comunicación.

—¡Yo no empeñaré mi palabra de no intentar evadirme! —replicó Ned sin contener su cólera, lo cual era comprensible.

—Ni yo se la exijo tampoco —le replicó fríamente el comandante—, y permítanme continuar. Conociéndole como le conozco, profesor Aronnax, me imagino que usted disfrutará de su estancia aquí, entre mis libros; de entre los cuales el que prefiero más es uno que escribió usted sobre las profundidades del mar. En ese libro, usted ha llegado tan lejos como le ha permitido la ciencia, pero quiero demostrarle que no lo sabe todo. No se cansará de ver el espectáculo que va a tener ante sus ojos. A partir de este momento, entra usted en un nuevo elemento, en el que verá lo que no ha visto nadie, salvo nosotros, y podrá conocer los más oscuros secretos del mar.

No puedo negar la fascinación que sentía. Nuevos horizontes se abrían ante mí para seguir investigando, aunque fuera en tan difícil situación, que confieso en ese momento olvidé.

—Una última pregunta —le dije antes que se retirase—. ¿Cómo debemos llamarle?

—Para ustedes, soy sencillamente el capitán Nemo.

CAPÍTULO IV

Después de esta conversación, el capitán Nemo llamó a un criado, le comunicó algo en su extraña lengua y, dirigiéndose a Ned y Consejo, les dijo:

—La comida les espera en sus camarotes; tengan la bondad de seguir a ese hombre. Y ahora, señor Aronnax, nuestra comida también está lista. Permítame que le guíe.

Seguí al capitán Nemo cruzando una especie de corredor iluminado eléctricamente, similar a los pasadizos de un navío, y llegamos a un comedor decorado severamente. En el centro había una mesa espléndidamente servida.

—Coma usted sin cumplidos —me dijo el capitán—. Aunque casi todos estos manjares son desconocidos para usted, puede estar seguro de que son sanos y nutritivos; hace mucho tiempo que prescindí de las comidas terrestres y podrá notar que estoy bien.

«Este mar —continuó diciendo el capitán Nemo— no sólo satisface la necesidad de alimentos, sino también la de vestido; las telas que cubren su cuerpo están tejidas con el biso de ciertos mariscos. Los perfumes que encontrará en el tocador son producto de la destilación de plantas marinas. Los colchones de su litera están rellenos con suaves zosteros. La pluma con que escribirá, es una barba de ballena, y la tinta, el líquido segregado por la sepia.

—Es usted muy entusiasta del mar, capitán.

—¡Oh sí!, ¡le adoro! El mar para mí es todo. La naturaleza se manifiesta en él en los tres reinos: animal, vegetal y mineral. El mar no pertenece a los déspotas; sobre la tierra pueden cometer todo tipo de horrores, pero diez metros bajo el agua, su poder desaparece. ¡En el mar sólo existe la independencia! ¡En él no reconozco amos! ¡Soy libre!

De pronto calló. Se lo notaba agitado. Cuando sus nervios se calmaron, su rostro recuperó su acostumbrada serenidad, y dijo dirigiéndose hacia mí:

—Ahora, profesor, si quiere visitar mi submarino, el *Nautilus*, estoy a sus órdenes.

Me levanté y le seguí. Abrió una puerta y entramos a una sala del mismo tamaño que el comedor. Era la biblioteca.

Quedé sorprendido ante el ingenio y buen gusto con que estaba arreglada y equipada: sillones, vitrinas, estantes y miles de libros. Poseía, además, numerosas obras de arte de los pintores más renombrados.

Había también varias rarezas naturales que debían ser los hallazgos personales del capitán. Aparte, y en compartimentos especiales, aparecían expuestas perlas de todo tipo, amarillas, azules y negras, que debían de tener un valor incalculable, ya que algunas de ellas eran de un tamaño mayor al del huevo de paloma.

—Comprendo, capitán, la alegría de poseer tantas riquezas. No hay museo en Europa que se le asemeje. Pero si me admiro de esto puede usted suponer la admiración que me causa el aparato que las contiene y transporta, es decir, su navío, capitán.

—Puede visitarlo todo; me agradará acompañarle.

—Quisiera, primero, que me explicara el uso que se les da a esos aparatos de física que veo colocados en el salón.

—Señor Aronnax, ésos son aparatos que requiere la navegación del *Nautilus*. Con ellos puedo conocer mi posición y mi dirección en medio del océano. Con el higrómetro puedo conocer la humedad del ambiente; con el barómetro, la presión y las variaciones atmosféricas; la brújula me señala el rumbo; el sextante, por la altura del sol, me indica la latitud, los demás usted ya los conocerá, porque son instrumentos corrientes en la navegación.

—Sí, pero veo otros, como ese cuadrante en torno de cuya esfera gira una aguja. ¿Es un manómetro?

—Sí, un manómetro que puesto en comunicación con el agua, me indica, por la presión de la misma, la profundidad en la que nos encontramos.

—¿Y esos otros que desconozco por completo? —le pregunté señalándoselos.

—Ésos requieren algunas explicaciones: Cuento en la nave con un agente muy sencillo y poderoso que me resuelve todo. Me alumbra, me proporciona calor y es el alma de mis aparatos mecánicos. Ese agente se llama electricidad.

—Pero, capitán, hasta ahora la potencia demostrada por la electricidad ha sido muy baja.

—Sí, profesor, pero la electricidad que yo utilizo no es la vulgar; permítame demostrárselo.

Me explicó los procedimientos seguidos para la producción de la electricidad, sin utilizar elementos como el cinc que se consiguen únicamente en la tierra. De esa manera podía contar con una potencia y continuidad garantizada.

—Evidentemente —le dije después de su explicación—, ha descubierto usted lo que se descubrirá seguramente en la tierra más adelante: la verdadera potencia dinámica de la electricidad.

Me propuso que fuéramos a la sala de máquinas para demostrarme cómo funcionaba el sorprendente navío. No vacilé en aceptar y nos dirigimos por los pasillos hacia el otro extremo de la nave, pasando frente a la cabina donde Ned y Consejo terminaban de comer, y vi un depósito de aire, la cabina del capitán, la mía, y otros lugares que el capitán me iba señalando, así como su uso. Cuando pasamos junto a una escalera de hierro y le pregunté a dónde iba, el capitán Nemo me explicó que a un bote que, adherido a la superficie superior del submarino, le permitía entrar a él sin necesidad de circular por el exterior. También pasamos frente a la cocina, repleta de comestibles, donde todo se resolvía gracias a la electricidad y donde además se podía observar el proceso de destilación de agua.

La sala de máquinas medía como veinte metros de largo. Estaba dividida en dos partes: una contenía los elementos productores de electricidad, y la otra el mecanismo que trasmitía el movimiento a la hélice. El sistema actuaba así: la electricidad producida era transportada a popa por electroimanes de grandes dimensiones, sobre un sistema de palancas y engranajes que trasmitían el movimiento al árbol de la hélice. Ésta, que tenía un diámetro de seis metros, podía dar hasta veinte revoluciones por minuto y alcanzar como ochenta kilómetros por hora.

Estaba maravillado observando esas novedades. Sin embargo, había algunas cosas que no lograba entender.

—Capitán —le pregunté—, ¿y cómo logra sumergirse o remontarse a la superficie? ¿Puede explicármelo?

—Sí puesto que jamás abandonará el *Nautilus*, puedo contestarle todas las preguntas que desee. Aquí tiene, por ejemplo, una vista longitudinal del navío. Como podrá ver, parece un cigarro de remates cónicos. El largo, de extremo a extremo, es de setenta metros, y su ancho de ocho. Ahora bien, está construido con un doble casco, ambos de acero, uno interior y otro exterior, unidos firmemente entre sí. En el espacio entre uno y otro, existen enormes depósitos. Cuando quiero sumergirme, mediante un mecanismo, esos depósitos se llenan de agua y el submarino se hunde por su peso. Cuando quiero emerger, mediante un sistema de bombas expulsoras, vacío los depósitos y, al perder peso, nos elevamos; pero el navío está calculado de modo tal que cuando está sobre la superficie sólo emerge un metro sobre ella.

—¡Es fantástico! —exclamé—. ¿Pero cómo puede el timonel seguir la ruta indicada por usted?

—Porque el timonel va dentro de una garita cerrada, que sobresale en la parte superior del casco y cuyas paredes son cristales especiales; y detrás de esa garita, va instalado un potente reflector eléctrico que ilumina el mar a un kilómetro de distancia.

—¡Bravo, capitán! Ahora me explico la fosforescencia que nos tuvo intrigados cuando creíamos que se trataba de un narval... Pero, entonces, ¿usted es ingeniero? —pregunté.

—Sí, profesor, estudié en Londres, París y Nueva York, en los tiempos en que aún era habitante de la tierra.

—¿Y cómo pudo construir, en secreto, este buque tan admirable?

—Hice pedir cada elemento en diferentes lugares y a nombres distintos, y para montar las piezas, trabaja-

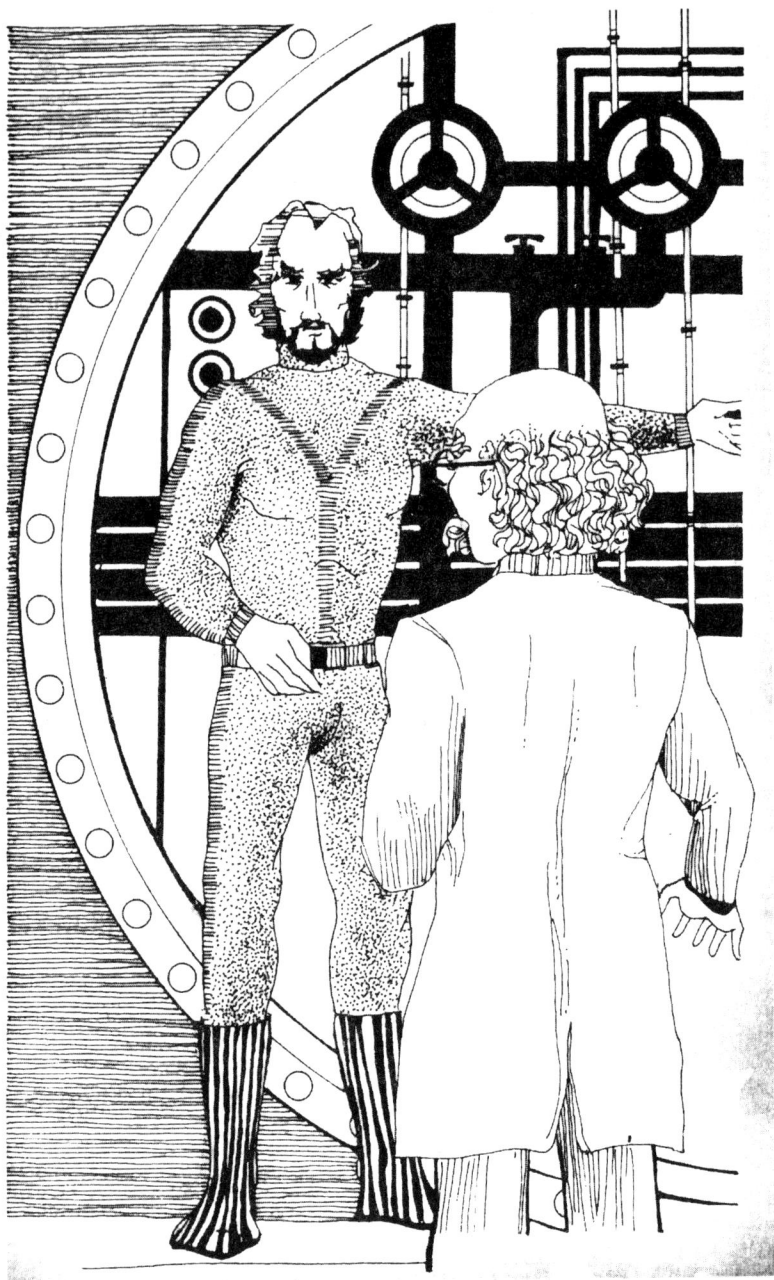

mos en un desconocido islote del Pacífico, mis compañeros y yo. Cuando la obra estuvo terminada, quemamos todo rastro y nos sumergimos sin regresar.

—Pero quisiera hacerle otra pregunta, capitán: ¿Posee usted una gran fortuna?, porque este navío debe ser costosísimo.

—Soy inmensamente rico, profesor, y ya verá usted por qué.

Luego, me explicó cómo utilizaba las cartas de navegación, cómo saber dónde estábamos y cómo medir las distancias. Indicándome que tomaría rumbo al noreste, me propuso que le siguiera a través de las cartas.

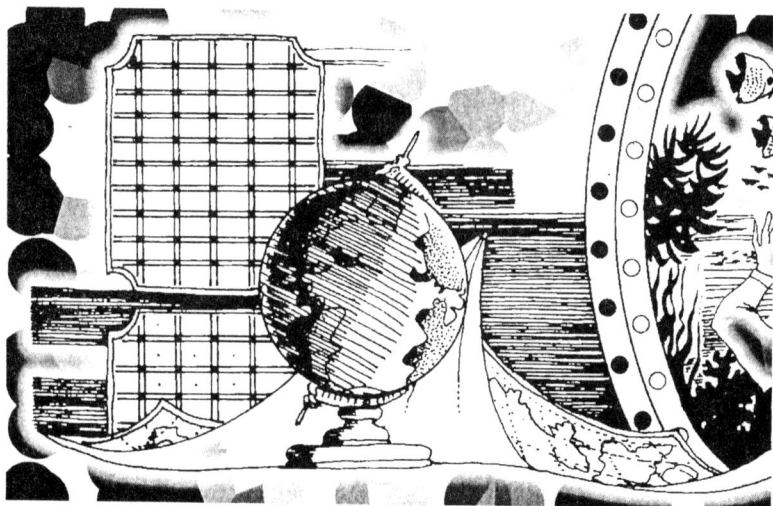

—Todo está a su disposición, y yo, con su permiso, me retiro.

Me quede solo, concentrado en mis pensamientos. ¿Quién era el capitán? ¿Quién había provocado el odio que profesaba a la humanidad? ¿Sería uno de esos sabios despreciados, perseguidos, un Galileo del presente, o de esos sabios fracasados? No podía determinarlo. Sólo sabía que me encontraba, por esos azares de la vida, en su nave, que mi vida dependía de su voluntad y que, pese a todo, había encontrado en él una acogida fría, pero hospitalaria. Nunca había estrechado la mano que yo le tendía; y nunca me tendió la suya. Distraído aún por mis pensamientos, me fijé en el punto en que estábamos; según la carta nos ·hallábamos en una corriente submarina, próxima a la costa del Japón. Yo seguía mentalmente al submarino, lo imaginaba perderse en la inmensidad del océano y me sentía arrastrado con él. De pronto, aparecieron Ned y Consejo en la sala. Se quedaron inmóviles de asombro ante las maravillas expuestas y luego avanzaron para observar mejor. Pero un instante después, Ned estaba al lado mío acosándome a preguntas: ¿Había descubierto quién era? ¿Adónde iba? ¿Hacia qué profundidades nos arrastraba? Todo sin darme tiempo ni a contestar. Le informé lo que sabía y lo que no sabía; pero cuando me preguntó si había averiguado cuántos tripulantes había a bordo, le dije:

—No lo sé, pero abandone, amigo Ned, la idea de apoderarse por el momento del *Nautilus* o de fugarse de él. Esta embarcación es un portento de la industria moderna; y me alegro de poder estar aquí para conocerla. Así que le recomiendo que se arme de paciencia para ver lo que pasa a nuestro derredor.

—¿Qué vamos a ver, metidos en esta cárcel de acero?

Apenas dijo esto, se apagó la luz y quedamos en la absoluta oscuridad. Quedamos mudos, clavados en nuestros sitios sin adivinar qué tipo de sorpresa nos esperaba.

De pronto, sentimos un leve ruido, como si resbalaran de un lado a otro las planchas del *Nautilus*. El agua apareció vivamente iluminada por focos que abarcaban más de un kilómetro de superficie; dos placas de cristal nos separaban del mar. ¡Qué espectáculo! ¡Me siento incapaz de describirlo!

Durante buen rato, permanecimos atónitos, acodados en las vitrinas. Durante dos horas vimos un completo ejército acuático. Nuestra admiración no cesaba; nuestras exclamaciones no se agotaban. Ned nombraba los peces, Consejo los clasificaba y yo me extasiaba ante la vivacidad de sus movimientos y la hermosura de sus formas; nunca había visto tales animales, vivos y libres, en su elemento natural. No citaré todas las variedades que desfilaron ante nuestros sorprendidos ojos, toda aquella colección de los mares japoneses y chinos.

Los peces acudían en bandadas como de pájaros, atraídos, sin duda, por el fulgurante foco eléctrico.

Luego, el salón se iluminó de nuevo, cerrándose las planchas de acero, y quedándonos mudos después del espectáculo.

El capitán no regresó. Ned y Consejo se fueron a su cabina y yo a la mía. Poco después, me dormí plácidamente.

El día siguiente transcurrió sin novedades. Me trasladé al salón y aproveché el tiempo estudiando. Tampoco volvieron a abrirse las placas metálicas ni apareció el capitán Nemo.

Así transcurrieron otros cinco días. Todas las mañanas subía un rato a cubierta y veía a un tripulante que luego de observar el cielo y el horizonte, decía algunas palabras en el idioma desconocido y volvía a bajar.

Al sexto día, cuando entré en mi cabina, encontré un sobre con mi nombre. Lo abrí y leí una invitación del capitán Nemo para acompañarlo a una «partida de caza» al día siguiente. Leí la invitación a Ned y Consejo, quienes se encantaron con la idea. Al día siguiente, cuando nos preparábamos a partir, tuvimos una conversación con el capitán, que desilusionó por completo a Ned. No se trataba de caza terrestre sino de caza submarina; para ello, contábamos con equipos y vestimentas apropiados; un traje de caucho, una escafandra de cobre, con tubos de vidrio, conectada a unos depósitos de oxígeno, que se colgaban a la espalda y permitían respirar mientras se estuviera en el agua. Como armas, unas originales carabinas con proyectiles especiales, que encerraban una potente carga eléctrica. Al más ligero choque, moría el animal instantáneamente.

Ned, al ver las vestimentas y armas, no quiso acompañarnos, ya que, según él, jamás se metería dentro de esas ropas.

Unos marineros nos ayudaron a ponernos las vestimentas y luego nos llevaron a una pequeña salita que

se cerró. Instantes después, sentí que se llenaba de agua, y enseguida se abrió otra puerta por la que pasamos; podíamos, ya, pisar el fondo del mar.

El capitán Nemo caminaba adelante, Consejo y yo detrás. No sentía el peso de las ropas ni del calzado, ni del depósito de aire o de la esfera donde estaba mi cabeza, como almendra en su cáscara. Todos esos objetos, sumergidos en el agua, perdían mucha parte de su peso. La luz que penetraba a través de las capas de agua, me asombraba por su intensidad. Los rayos solares atravesaban sin dificultad esa masa de agua. Distinguía claramente los objetos, a una distancia de cien metros. Realmente el agua que me rodeaba era una especie de aire, más denso que la atmósfera terrestre, pero tan diáfano como aquél. Sobre mí, notaba la superficie tranquila del mar.

Era una pena pisar las brillantes especies de moluscos que sembraban el piso por millares, los ala de ángel y tantos otros productos de aquel inagotable océano. Pero había que marchar, y avanzábamos mientras bogaban por nuestras cabezas rebaños de fisalias, medusas, y tantas maravillas que contemplaba mientras seguía al capitán. Recorrimos praderas de algas que se cruzaban en la superficie marina, formando verdaderas arcadas. Veía flotar largas bandas de fucos, globulosos unos, lubulares otros. Observé que las plantas verdes se mantenían próximas a la superficie del mar, en tanto que las rojas ocupaban una profundidad media, dejando a los sombríos hidrófitos las profundidades del océano.

—Finalmente, el capitán me hizo señas de que habíamos llegado. Era un inmenso bosque formado por plantas arborescentes que me llamaron la atención por un hecho curioso: ninguna de ellas tenía la más leve desviación o curva, sino que todas se elevaban a la superficie, formando perfectas líneas rectas. No había filamento, por delgado que fuese, que no se elevara derecho como un poste. Inmóviles y erguidas, al apartarlas con la mano, recobraban inmediatamente su primitiva posición. Luego de caminar un buen rato, el capitán me hizo señas de que descansáramos. Me alegró mucho la señal, e imitándolo, nos tendimos bajo un entoldado de alarias, cuyas largas y esbeltas ramas se elevaban como flechas. El rato de descanso me pareció delicioso; sólo faltaba el encanto de la conversación. Me conformé con acercar mi cabeza a la de Consejo, viendo brillar de alegría los ojos del animoso muchacho, que para demostrar su contento, se agitó en su caparazón, con el aire más cómico del mundo.

No puedo calcular con exactitud el tiempo que estuvimos dormidos o amodorrados. Cuando me desperté, el capitán ya estaba de pie; cuando intenté desperezarme, vi una monstruosa araña que me miraba. Debía medir como un metro de altura, y aunque yo estaba protegido por mi escafandra, igual sentí horror y repulsión.

El animal fue derribado de un culatazo, retorciendo sus patas en horribles convulsiones.

El encuentro me hizo pensar en otros animales, más temibles, que vivirían seguramente por esos lugares, por lo que resolví mantenerme más alerta. Proseguimos la marcha.

Continuamos penetrando en las oscuras profundidades del bosque, cuyos arbustos iban escaseando gradualmente. Noté que la vida vegetal desaparece antes que la vida animal.

Cuando llegamos a unas rocas, que indicaban la presencia de tierra firme, terminó nuestro viaje y emprendimos el regreso. Marchábamos a diez metros de profundidad, entre una nube de pececillos de toda especie, sin encontrar ninguna pieza que valiera la pena cazar.

De pronto, el capitán se echó la escopeta a la cara, apuntando a un objeto que se movía entre las matas. El disparo partió y el animal cayó muerto. Era una magnífica nutria marina, el único cuadrúpedo que vive en el agua.

Unas horas más tarde, iba yo algo atrasado, cuando vi retroceder al capitán, que me derribó a tierra con un brazo, sujetándome para que no me levantara. Consejo hizo lo mismo. Estábamos guarecidos bajo un banco de fucos; cuando levanté la cabeza, vi dos enormes masas que pasaban con gran estrépito, lanzando destellos fosforescentes. Era una pareja de tintoreras, capaces de pulverizar el cuerpo entero con sus mandíbulas. Nos habíamos salvado de un tremendo peligro gracias a que esos terribles animales son muy cortos de vista.

Media hora después, guiados por la estela eléctrica, llegamos al *Nautilus*. Una vez dentro y sin los equipos, me fui a mi cabina, maravillado por la sorprendente excursión que habíamos realizado.

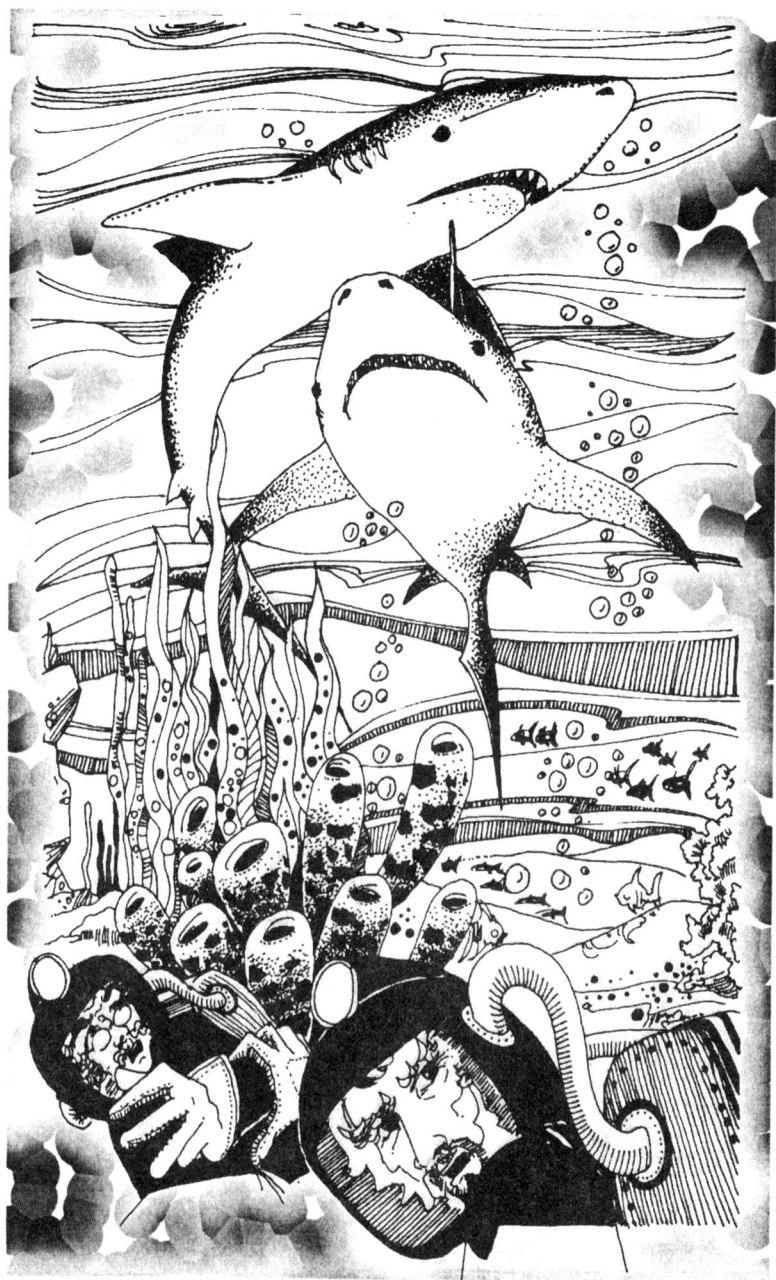

Al otro día, repuesto del cansancio que me produjo subí a la plataforma. El mar, increíblemente azul y tranquilo, dibujaba con sus olas anchas bandas torna-soladas. Mientras lo contemplaba y recibía el sol sobre la cara, apareció el capitán Nemo.

—¿Verdad que el mar es maravilloso? —exclamó—. ¡Mírelo usted cómo despierta bajo las caricias del sol! ¡Revive su existencia diurna!

En ese momento aparecieron sobre la plataforma unos veinte hombres, que con pocas palabras y gran habilidad, recogieron una extensa red, que seguramente había sido echada por la noche. Me acerqué a ver lo que habían recogido. Aquel día aportaron curiosas muestras de aquellos parajes pesqueros: atunes, varios bonitos, tetrodones media-luna; lofias, a los que se llama histriones por los graciosos aspavientos que hacen, y otras variedades. El producto de la pesca fue vaciado en las despensas, a través de una escotilla. Parte sería destinado a ser comido fresco y otra parte a conserva.

Luego bajé porque la nave se aprestaba a continuar su marcha submarina. Al capitán no lo volví a ver en todo el día.

Consejo y Land pasaban largas horas en mi compañía. Consejo había relatado nuestro paseo a Ned, y éste se lamentaba de no haber querido acompañarnos.

Casi todos los días, y durante algunas horas, se abrían las claraboyas del salón, poniéndonos al descubierto los misterios del mundo submarino, que nuestros ojos no se cansaban de mirar. La nave mantenía ahora la dirección sudeste. Habíamos marchado ya cuatro mil ochocientas sesenta leguas (más de veinte mil kilómetros), desde nuestro arribo a ella. Pasamos cerca de la isla de Hawai, donde la pesca nos dio excelentes ejemplares, entre ellos corífenos, cuya carne no tiene rival en todo el mundo, y otros que engrosaron las reservas de la despensa.

Ese periodo de navegación quedó marcado por el encuentro de un verdadero tropel de calamares. Emigraban de las zonas templadas a otras más cálidas, siguiendo el itinerario de los arenques y de las sardinas. A pesar de su velocidad, las redes recogieron gran cantidad de ellos. Transcurría el mes de diciembre.

Un día en que estaba leyendo en el salón, Consejo me llamó para que me acercara al cristal.

En pleno campo de luz se veía una masa negruzca, inmóvil, suspendida en medio de las aguas. Cuando la hube observado, exclamé:

—¡Un navío!

Ante nosotros teníamos un buque que se había ido a pique. Parecía un naufragio bastante reciente. Nos quedamos muy impresionados. Aquella escena inauguró la serie de catástrofes que presenciamos desde que empezamos a recorrer mares más frecuentados.

A fines de diciembre, el *Nautilus* abandonó el Mar de Coral para enfilar al sudoeste, y en tres días más avistamos las costas de la Papuasia. Por entonces, el capitán Nemo me comunicó que quería llegar al Océano Índico por el estrecho de Torres. Este estrecho es famoso tanto por sus peligrosas costas como por los habitantes de las mismas. Cuando iniciamos el cruce, el mar embravecido se estrellaba estruendosamente contra los corales que asomaban en todas direcciones. A media tarde, sentí un fuerte choque que me derribó. El *Nautilus* acababa de encallar, quedando inmóvil y ligeramente inclinado a babor.

Cuando consulté el problema con el capitán, éste me dijo que no era nada grave, además que en esa zona la marea sube mucho en determinadas fechas y, con sólo esperar cuatro días, el agua se encargaría de desencallar la nave.

Expliqué la situación a mis compañeros, y Ned propuso que pidiéramos permiso al capitán para aprovechar esos días, cazando y buscando frutos en esas tierras próximas. Para sorpresa nuestra, el capitán no opuso ningún reparo. Debía saber que una fuga en ese lugar era imposible.

Debo decir que cuando puse los pies sobre la tierra firme, sentí una emoción especial, quedando encantado mirando el paisaje. Ned, más práctico, vio un cocotero y, derribando varios frutos, se apuró en repartirlos y beber de su leche. Seguimos avanzando con Ned adelante, recogiendo los más selectos frutos, pero atentos para poder cazar algún animal. Por fin, a las cinco de la tarde, cargados con todas nuestras riquezas, nos dirigimos al bote para regresar al *Nautilus*.

—¿Y si no regresamos esta noche? —preguntó audazmente Consejo.

—¿Y si desertamos definitivamente? —se animó Ned.

En aquel mismo instante, una piedra arrojada contra nosotros cortó toda idea de fuga. Más de veinte indígenas armados con arcos y hondas, aparecieron hostilmente a cincuenta metros.

No creo necesario describir la rapidez con que dejamos la orilla y nos refugiamos en el *Nautilus*.

Esperamos el día previsto por el capitán Nemo para que la marea elevara el navío. Pese a nuestra incredulidad, así sucedió y pudimos alejarnos de esos inhóspitos parajes.

Durante los días que siguieron, dedicamos las jornadas a realizar experimentos de todo tipo; la salinidad de las aguas a distintas profundidades; sus variaciones en la carga eléctrica, coloración, transparencia, etcétera. El capitán no se hacía presente.

Llegamos finalmente al Océano Índico, que semeja una vasta llanura líquida, cuyas aguas son tan transparentes que producen vértigo al que se inclina sobre la superficie. El *Nautilus* flotaba entre los cien y doscientos metros de profundidad. Así navegamos varios días. En esos lugares, las redes pescaron varias de las codiciadas tortugas de carey.

Una tarde, observamos que el *Nautilus* flotaba sobre un blanco mar. Estábamos en un mar lácteo. Consejo me preguntó a qué se debía esa coloración tan particular .

—Un mar lácteo —le dije— es una gran extensión de oleadas blancas, producidas por la presencia de millones de animales, como microscópicos gusanillos luminosos, que viven unidos entre sí.

Cruzamos frente a las costas de Ceilán, isla célebre por la pesca de perlas, y nos dirigimos hacia el mar de Omán, que sirve de desembocadura al mar Pérsico.

—¿Adónde nos lleva el capitán? —me preguntó Ned—, ¿no sabrá acaso que este mar no tiene salida?

—Posiblemente quiera llegar al Mar Rojo...

—Pero mientras no esté abierto el Istmo de Suez, el Mar Rojo también es infranqueable.

—Si no se puede navegar por allí, es de suponer que regresamos sobre nuestros pasos hacia el sur de África... —dije.

Ned estaba demasiado impaciente; pasaba los días calculando cuándo el *Nautilus* se acercaría a los mares europeos, para poder intentar seriamente una fuga.

El Mar Rojo, célebre por las tradiciones bíblicas, debe su nombre al color de sus aguas. Del lado de las costas africanas pude observar miles de los famosos políperos que forman las llamadas esponjas.

Una mañana, subí a la plataforma y, al mirar el paisaje, noté que éste había cambiado. Me acerqué al capitán para preguntarle:

—Capitán Nemo, ¿podría precisarme dónde estamos?

—Del otro lado del Istmo de Suez, sobre el Mar Mediterráneo.

—¡No puede ser! —exclamé.

Según me explicó detalladamente, años atrás había descubierto un túnel subterráneo que unía los dos mares, y que la noche anterior habíamos cruzado. Corrí a comunicárselo a Ned y Consejo.

Pero, para desilusión de Ned, el capitán no se acercó a las costas europeas y, cruzando velozmente ese mar que Ned veía con ilusión y que el buque parecía querer evitar, se dirigió por el estrecho de Gibraltar al Atlántico.

Mientras bordeábamos las costas de Portugal, estando en mi cabina apareció Ned, muy serio y algo nervioso.

—Hoy a las nueve todo estará preparado, sólo debe esperar la señal para subir al bote; Consejo y yo le aguardaremos.

Se marchó sin darme tiempo a contestar. Subí a la plataforma, desde donde se divisaba la costa portuguesa, pero entre niebla y mucho viento. Pasé el día preocupado y nervioso, temiendo encontrarme con el capitán y que adivinara en mi rostro las intenciones de fuga. Cuando faltaban minutos para la hora fijada, la nave se sumergió hacia el fondo y allí se detuvo. Nos reunimos en el salón, sin saber qué pensar ni decir. Llegó el capitán.

—¿Sabe dónde estamos? —me preguntó.

—Bordeando Portugal, creo —contesté.

—Estamos en la bahía de Vigo, donde hace ciento cincuenta años fue hundido un barco español que volvía de América cargado de oro.

Miramos hacia afuera. Varios tripulantes con trajes de buzo, vaciaban toneles de donde se escapaba oro y plata, y volvían al *Nautilus* cargados con el botín.

—¿Y para qué lo puede necesitar usted, capitán?

—No me impulsa ningún afán egoísta, profesor. Si lo tomo es para hacer buen uso de esas riquezas. ¿Cree que ignoro la existencia en la tierra de seres dolientes, de razas oprimidas?...

Comprendí entonces dónde estaba la inmensa fortuna que poseía el capitán Nemo, y parte de su misteriosa existencia.

Cuando reanudamos la marcha, noté que llevábamos dirección sudoeste. Europa quedaba a nuestras espaldas. Por la noche el navío se detuvo y recibí la visita, en mi cabina, del capitán, que me proponía un paseo nocturno bajo las aguas. Acepté encantado sin preguntar qué es lo que visitaríamos.

Dos horas después de nuestra salida del navío, caminábamos por un terreno montañoso, cubierto de árboles petrificados. El capitán me guiaba con paso rápido. De pronto apareció ante mi vista una ciudad destruida, con sus columnas caídas, sus arcos dislocados, huellas de un acueducto; vestigios de un muelle... todo esto iluminado por pequeños focos volcánicos.

Le hice señas al capitán, ansioso por saber dónde estábamos. Éste recogió un trozo de piedra y escribió sobre una roca: Atlántida.

Se iluminó mi mente y recordé las leyendas sobre el antiguo continente hundido.

Allí estuvimos durante una hora, contemplando la vasta planicie al resplandor de las lavas.

Al día siguiente, el *Nautilus* cruzó velozmente sobre esa extensa superficie semejante a una gran pradera con restos fosilizados.

Nuestra dirección se mantenía: avanzábamos hacia el sur.

—¿A dónde vamos, capitán? —le pregunté.

—Al Polo —me contestó.

—¿Al Polo? —pregunté, mientras pensaba que el capitán debía estar loco.

—Sí —me respondió—, vamos a verificar si podemos llegar allí por debajo del hielo. Ya que si en todos los mares, a cierta profundidad, la temperatura es de cuatro grados, esa ley se debe mantener también en esas latitudes.

Su razonamiento me convenció. Cuando los hielos formaron una barrera infranqueable, el *Nautilus* buscó paso por debajo de ellos y comenzamos a navegar por un mar sin peces, sin que la temperatura bajase más de lo previsto. Nuestra velocidad era rápida, debajo de esa cordillera submarina formada por las superficies hundidas de los *iceberg*. Toda la noche anduvimos sumergidos, hasta que al día siguiente comprobamos que el *Nautilus* comenzaba a subir en forma diagonal. Horas después llegábamos a un mar libre. El sol no brillaba en aquellos parajes y sólo podíamos contemplar focas, morsas y pingüinos que revoloteaban estruendosamente sobre las costas heladas.

El mediodía del 21 de marzo, estando sobre la superficie, y provistos de los elementos de medición necesarios, vimos al sol, trazar un semicírculo en el norte.

—Estamos efectivamente en el Polo Sur —me dijo solemnemente el capitán Nemo.

Esa noche, antes de dormirme, pensaba en todas las maravillas que había conocido últimamente. Hacía ya cinco meses que estábamos a bordo de ese buque singular, y habíamos franqueado catorce mil leguas (más de setenta mil kilómetros), en cuyo recorrido habíamos vivido episodios tanto curiosos como terribles; la cacería submarina, el incidente con los salvajes, el túnel arábigo, los millones de la bahía de Vigo, la Atlántida y el Polo Sur. Todos esos recuerdos invadían mi mente sin dejarme descansar. A las tres de la mañana, me despertó un violento choque. Intenté levantarme pero otro golpe me hizo caer al piso de la cabina. Me levanté y fui hasta el salón. Allí encontré al capitán y le pregunté por lo ocurrido.

—El *Nautilus* ha encallado en un enorme témpano y mis hombres están tratando de sacarlo —me contestó.

Poco después, lograron zafarlo y emprendimos el retroceso para buscar otro camino. Pero dos horas más tarde volvía a detenerse. Estaba bloqueada también esa salida. La situación era grave. Si no salíamos de ese lugar en veinticuatro horas, se acabaría el oxígeno. La única posibilidad de salvación estaba en romper la masa de hielo. Antes de empezar tan arduo trabajo, el capitán mandó sondear para verificar cuál era la pared más angosta. Trabajamos todos sin descanso, pero el oxígeno se terminaba y aún no estaba finalizado el trabajo. El capitán ordenó abordar la nave, dirigió su espolón hacia el lugar donde habíamos picado y embistió el hielo, que, cediendo ante el golpe, nos dejó pasar y pudimos retornar a la superficie. Fue sin duda, la situación más peligrosa que pasamos a bordo.

Al día siguiente, divisamos la Tierra del Fuego. Luego pudimos ver a lo lejos las islas Malvinas. Seguíamos rumbo al norte. Pasamos frente a la desembocadura del Río de la Plata, frente a la costa uruguaya, y días después llegamos hasta la desembocadura del Amazonas, río cuyo enorme caudal desala el mar en un espacio de varios kilómetros.

Pasamos a lá altura del Golfo de México, pero el capitán no quiso internarse en él, de modo que seguimos nuestro rumbo fijo hacia el norte.

Un día, Ned me dijo que no quería dejarse llevar hasta el Polo Norte, y que estaba dispuesto a hacer cualquier cosa para salir de esa situación. Le prometí hablar con el capitán, aunque personalmente creía que era inútil, pero comprendía perfectamente que el arponero hubiera llegado al límite de su paciencia.

Cuando le dije al capitán que necesitaba hablar con él, me dijo que justamente estaba por entregarme su testamento, con su identidad, su vida y sus investigaciones a bordo de su nave. Dicho testamento estaría encerrado en una caja insumergible que debería arrojarse al mar cuando él muriese. Le dije que me parecía bien no ocultar sus descubrimientos, pero que la caja podría ir a parar en manos de quienes no supieran entenderla. Le expliqué la situación de Ned, rogándole que nos otorgara la libertad, bajo juramento de no divulgar nada.

—Jamás —me dijo—, y le ruego que sea la primera y última vez que me hable de este asunto.

Me retiré. A partir de aquel día, nuestras relaciones fueron muy tirantes.

En cuanto a mis compañeros, en especial Ned, se convencieron de que no podían esperar la libertad de manos de ese hombre, y, por tanto, era imperioso buscarla por nuestra cuenta.

Nos acercábamos a Long Island, cuando se desató una terrible tempestad. Me quedé en la plataforma todo el tiempo que me fue posible. Contemplé las olas que alcanzaban quince metros de alto. El cielo parecía una hoguera surcado sin cesar por deslumbrantes relámpagos. A lo lejos vi pasar por el horizonte un navío que luchaba penosamente para no zozobrar.

Al rato, el *Nautilus* se sumergió. ¡Qué tranquilidad! ¡Qué silencio! ¿Quién hubiera creído que en aquel instante sobre la superficie se desencadenaba un furioso huracán?

CAPÍTULO V

El *Nautilus* navegaba entonces al sur de las Islas Británicas. Sentí que emergía, y luego, cuando un ligero balanceo me indicó que navegábamos sobre la superficie, se oyó una detonación.

Subí a la plataforma, donde ya estaban Ned y Consejo.

—¿Qué ha sido eso? —pregunté mirando un buque que se acercaba.

—Un cañonazo —me respondió Ned.

—¿Podría decirme, Ned, la nacionalidad del barco? —pregunté.

—No, porque lleva arriada su bandera; pero puedo afirmar que es un buque de guerra.

Estuvimos largo rato observando la embarcación, que avanzaba rápidamente, sin que el capitán Nemo la dejara acercar. Habíamos decidido arrojarnos al mar en cuanto la nave estuviera cerca. El capitán se paseaba nervioso e impaciente. Cuando me di cuenta que el capitán planeaba atacar la nave, quise intervenir, pero furioso, me contestó que estaba frente a su enemigo, que gracias a ellos había perdido todo cuanto había amado y que no intentara persuadirlo. Instantes después el *Nautilus* se sumergió y presenciamos atónitos el momento en que, tomando empuje, embistió a la nave por debajo, produciendo una catástrofe que no podré olvidar.

Cuando todo hubo terminado, el capitán se dirigió a su cabina. Frente a un retrato de una mujer con dos niños, se arrodilló y prorrumpió en sollozos.

A partir de ese día, el submarino navegó sin rumbo y casi no se sentía movimiento a bordo. El capitán pasaba los días encerrado en su cabina. Los relojes dejaron de funcionar.

Una mañana, al despertar, vi a Ned junto a mí que me susurraba:

—Prepárese a huir. A cuarenta kilómetros veo tierra firme.

Yo también estaba decidido a todo. Cuando pasé junto al salón sentí al capitán tocar música en el órgano. Eché una última mirada alrededor, con algo de pena, y me deslicé sigilosamente al bote. Consejo y Ned ya estaban en él.

—¡Partamos! —exclamé.

Ned cerró la abertura de la canoa y comenzó a destornillar los pernos que la sujetaban a la nave. En eso estábamos cuando sentimos gritos y un gran alboroto en el interior del submarino.

En un primer momento pensamos que nos habían descubierto, pero Consejo distinguió la palabra que gritaban: «¡Maelstrom! ¡Maelstrom!»

Nos horrorizamos al oírla. El Maelstrom, llamado también el Ombligo del Océano, es un tremendo remolino que se forma por la pleamar, junto a las costas noruegas, y del cual ninguna nave ha podido escapar.

El zarandeo provocado por las olas era terrible. Las cubiertas aceradas crujían y de vez en cuando se levantaban estruendosamente. De pronto, resonó un nuevo y estridente crujido. Los pernos sedieron, y la canoa fue lanzada en medio del remolino. Eso fue lo último que vi. Mi cabeza chocó contra una plancha de hierro y perdí el conocimiento.

Así terminó el viaje submarino. Al recobrar el sentido, me encontré en la cabaña del pescador de las islas Loffoden, cerca de Noruega, que nos había recogido en el mar. Ned y Consejo estaban a mi lado, sanos y salvos.

En aquellos instantes no podíamos pensar en volver a Francia, de donde habíamos zarpado, ya que la comunicación era casi nula.

Durante los días que estuvimos en esa isla, mis compañeros y yo relatamos lo vivido en el *Nautilus*, pero aún quedaban algunas preguntas en nuestras cabezas.

¿Qué habría sido de aquella nave? ¿Resistiría el capitán Nemo aquella embestida? Ahora, después de un tiempo, sólo espero que el capitán —ese hombre de extraño destino— siga habitando el océano, su patria. Después de haber experimentado diez meses de existencia extranatural, puedo dar respuesta a la pregunta formulada hace miles de años por el Eclesiastés: "¿Quién ha logrado nunca sondear las profundidades del abismo?" Puedo contestar con dos nombres simplemente: El capitán Nemo y yo.

Guía de trabajo

1. PREGUNTAS DE REFLEXIÓN

a) ¿Crees en la existencia de la Atlántida? Escribe en tu cuaderno lo que sabes acerca de ella.

b) Describe con tus propias palabras al capitán Nemo.

c) ¿Crees que el capitán Nemo era malo y vengativo o era un hombre bueno? ¿Por qué siempre se le veía serio y triste? Explica tus respuestas.

d) ¿Qué significado tienen para ti las palabras del Eclesiastés con que se cierra esta novela?

e) ¿Qué crees que fue del capitán Nemo y del *Nautilus*, después de que el profesor Aronnax, Ned y Consejo abandonaron la nave?

f) En caso de estar ahí, ¿te hubiese gustado permanecer para siempre en el *Nautilus* al lado del capitán Nemo? Explica por qué, sea negativa o afirmativa tu respuesta.

2. INVESTIGA Y ESCRIBE

1. Averigua cuáles son las características de la literatura de ciencia ficción.

2. Investiga en una enciclopedia o en Internet cuáles son las obras literarias de ciencia ficción más relevantes.

3. Los primeros proyectos de naves submarinas datan del siglo XVII. Un norteamericano apellidado Bushnell ideó una en 1776, a la cual le puso el nombre de *Tortuga*. Investiga quién construyó, en 1805, un submarino llamado precisamente *Nautilus*.

4. Investiga en una enciclopedia o en Internet cuál fue la primera novela científica que Julio Verne publicó.

3. COMPRENSIÓN DE LECTURA

1. ¿De cuántos metros de largo describieron al monstruo marino los que iban en el buque que navegaba al norte del Atlántico?

2. ¿Por qué rechazó el profesor Aronnax la hipótesis de que el monstruo fuera un submarino de gran potencia?

3. ¿Quién era Ned Land?

4. Según Consejo, ¿por qué al buque le sería imposible socorrerlos cuando cayeron al agua?
5. ¿Cómo iban vestidos los hombres del gigantesco aparato de acero?
6. ¿En qué lenguas se expresaron el profesor Aronnax, Ned y Consejo con los hombres del extraño aparato?
7. ¿Qué condición les puso el capitán Nemo para que permanecieran en su embarcación?
8. ¿Por qué el capitán Nemo amaba tanto el mar?
9. ¿Por qué eran tan valiosas las perlas del capitán Nemo?
10. ¿Qué velocidad podía alcanzar la hélice del *Nautilus*?
11. ¿En qué año se ubican los acontecimientos narrados en el libro?
12. ¿Por qué se negó Ned a ir de caza submarina con el capitán Nemo?

4. VERDADERO O FALSO

En la línea de la izquierda pon una V si lo que se señala es verdadero, o una F si es falso:

a)_____ Fue en París donde se iniciaron los preparativos para una expedición destinada a acabar con el monstruo.
b)_____ El buque encargado de cazar al monstruo se llamaba Abraham Lincoln.
c)_____ Ned Land era un arponero escandinavo.
d)_____ Ned Land fue el primero en ver al monstruo.
e)_____ Tras observar al animal, el profesor Aronnax calculó que tendría una longitud de aproximadamente sesenta metros.
f)_____ Consejo era el criado del profesor Aronnax.
g)_____ El famoso animal era en realidad un fenómeno producido por el hombre.
h)_____ El higrómetro le servía al capitán Nemo para medir la presión del aire.
i)_____ Las ropas de los hombres del capitán Nemo estaban tejidas con el biso de ciertos mariscos.
j)_____ El capitán Nemo había montado las piezas del *Nautilus* en un islote desconocido del Atlántico.
k)_____ La situación más peligrosa que vivieron los tripulantes del *Nautilus* fue cuando éste se quedó atrapado entre el hielo, en el Polo Sur.
l)_____ El *Maelstrom* es un terrible y muy violento huracán.

5. VOCABULARIO

A. Busca en el diccionario el significado de las siguientes palabras y luego empléalas en una oración:

Espolón	Fragata	Trabuco	Coraza	Cachalote
Avistar	Sotavento	Incandescente	Trepidación	Castillete
Tromba	Timonel	Narval	Aplomo	Sepia
Prescindir	Biso	Azar	Fulgurante	Diáfano
Histrión	Escotilla	Encallar	Vestigio	

B. Busca en el diccionario el significado de las palabras en negritas y sustitúyelas después por un sinónimo:

• Había que tener en cuenta que ningún país había **reivindicado** la fabricación o posesión de semejante aparato.

• Estaba preparado para librar a los mares del monstruo que **acechaba** y para eso había equipado su navío de **aparejos** apropiados para la pesca del gigantesco **cetáceo**.

• Los más entusiastas y convencidos de la existencia del animal se convirtieron en los más **escépticos**, y si no se **viró** al sur par poner fin a semejante empresa, fue porque el capitán Farragut mantuvo su **obstinada convicción**...

• Ned Land se mantenía en su puesto, **blandiendo** el arpón.

• De pronto, el brazo de Ned **se distendió** violentamente, lanzando el arpón.

• Esta embarcación es un **portento** de la industria moderna.

• Durante buen rato permanecimos **atónitos, acodados** en las vitrinas.

6. ACTIVIDADES RECREATIVAS

1. En los tiempos pasados, el hombre escribía con plumas de ave. Julio Verne, el autor de esta novela, nos habla de una pluma de barba de ballena y una tinta fabricada con el líquido que segrega un molusco. ¿Con qué otros materiales imaginas que se podría escribir?

94

2. ¿Qué otro título le pondrías a esta obra?
3. Haz una ilustración que sirva como portada para este libro.
4. ¿De qué otra manera te gustaría que terminase esta novela? Explica por qué.

RESPUESTAS

Comprensión de lectura

1. De unos 150 metros de largo.
2. Porque era imposible que semejante aparato estuviera en manos de un particular y que hubiera alguien capaz de fabricar algo así sin que nadie se enterara de su existencia.
3. El rey de los arponeros.
4. Porque la hélice y el timón de la nave se habían roto.
5. Llevaban ropas de un tejido especial, gorros de piel de nutria y botas de piel de foca.
6. En francés, inglés, alemán y algo de latín.
7. Que cuando fuera necesario, se dejasen encerrar en una cabina.
8. Por su naturaleza, porque no pertenecía a los déspotas y porque en él era libre.
9. Porque el tamaño de algunas de ellas era superior al de un huevo de paloma.
10. Aproximadamente 80 kilómetros por hora.
11. En 1866.
12. Porque dijo que jamás se metería dentro de las ropas destinadas para ello.

Verdadero o falso

a) F; b) V; c) F; d) V; e) F;

f) V; g) V; h) F; i) V; j) F;

k) V; l) F.

COLECCIÓN BIBLIOTECA ESCOLAR

Con guía de trabajo y ejercicios

CRIMEN Y CASTIGO
FEDOR DOSTOIEVSKY

CUENTOS DE TERROR
E. ALLAN POE Y G. DE MAUPASSANT

DORIAN GRAY
OSCAR WILDE

DON QUIJOTE
MIGUEL DE CERVANTES SAAVEDRA

FRANKENSTEIN
MARY W. SHELLEY

LA ILIADA
HOMERO

LA ODISEA
HOMERO

LA VUELTA AL MUNDO EN 80 DÍAS
JULIO VERNE

LAS MIL Y UNA NOCHES
(LOS VIAJES DE SIMBAD EL MARINO)
ANTOLOGÍA

LEYENDAS DEL MÉXICO COLONIAL
TERESA VALENZUELA

MUJERCITAS
LOUISE MAY ALCOTT

VEINTE MIL LEGUAS DE VIAJE SUBMARINO
JULIO VERNE

VIAJE AL CENTRO DE LA TIERRA
JULIO VERNE

Esta obra se terminó de imprimir en noviembre del 2010
en los Talleres de GM IMPRESORES
Av. México No. 56 col. Aculco
Tel. 56 33 98 09
Tiraje: 1,000 ejemplares